M

Marco Polo Vuole Viaggiare – Marco Polo Wants to Travel

Visit "I Read Italian" for more books and resources for bilingual children
www.ireaditalian.com

Second Edition
2010

Long Bridge Publishing
USA
www.LongBridgePublishing.com

ISBN-13: 978-0-9842723–0-3
ISBN-10: 0-9842723-0-5

Marco Polo Vuole Viaggiare

Marco Polo Wants To Travel

Text and Illustrations by Claudia Cerulli

Marco Polo visse tanto tempo fa,
quando **automobili**, **treni** ed **aeroplani**
non erano ancora stati inventati.

Marco Polo lived a long time ago,
when **cars**, **trains**, and **airplanes**
had not yet been invented.

Marco Polo abitava a **Venezia**,

una città con tanti **canali**,

barche e **mercanti**.

Marco Polo lived in **Venice**,

a city with many **canals**,

boats, and **merchants**.

Marco Polo era un **bambino** molto curioso.
Si divertiva ad esplorare la sua **città**
e faceva sempre molte **domande**.

Marco Polo was a very inquisitive **boy**.
He enjoyed exploring his **city**
and always asked many **questions**.

Marco Polo aveva un grande **desiderio**:

viaggiare ed esplorare **terre** lontane.

Marco Polo's greatest **wish** was **to**

travel and to explore faraway **lands**.

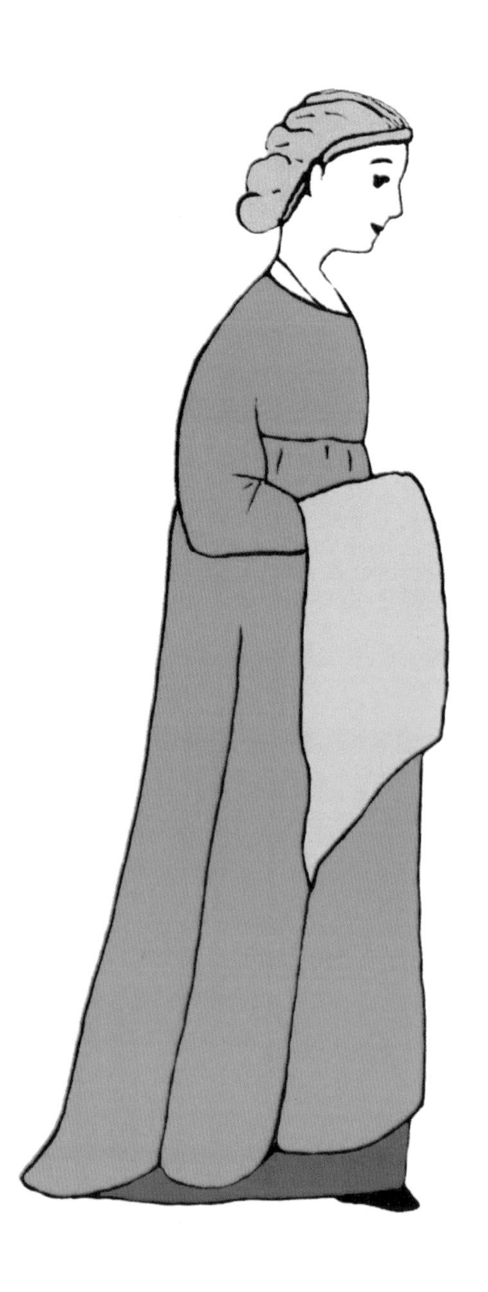

"Vorrei tanto viaggiare", diceva Marco Polo.
Ma la **risposta** che riceveva era sempre la stessa:
"Sei troppo **giovane**. Devi aver pazienza.
Quando sarai grande viaggerai anche tu".

"I would really like to travel", Marco Polo used to say.
But the **answer** he received was always the same:
"You are too **young**. You need to be patient.
When you grow up, you will travel, too".

Alcuni anni dopo Marco Polo realizzò
il suo desiderio. Viaggiò ed esplorò terre lontane.
Vide cose **meravigliose** e raccontò le sue **avventure**
in un **libro** chiamato “Il Milione”.

A few years later Marco Polo realized his dream.
He traveled and explored faraway lands.
He saw **wonderful** things and he told his
adventures in a **book** called “The Million”.

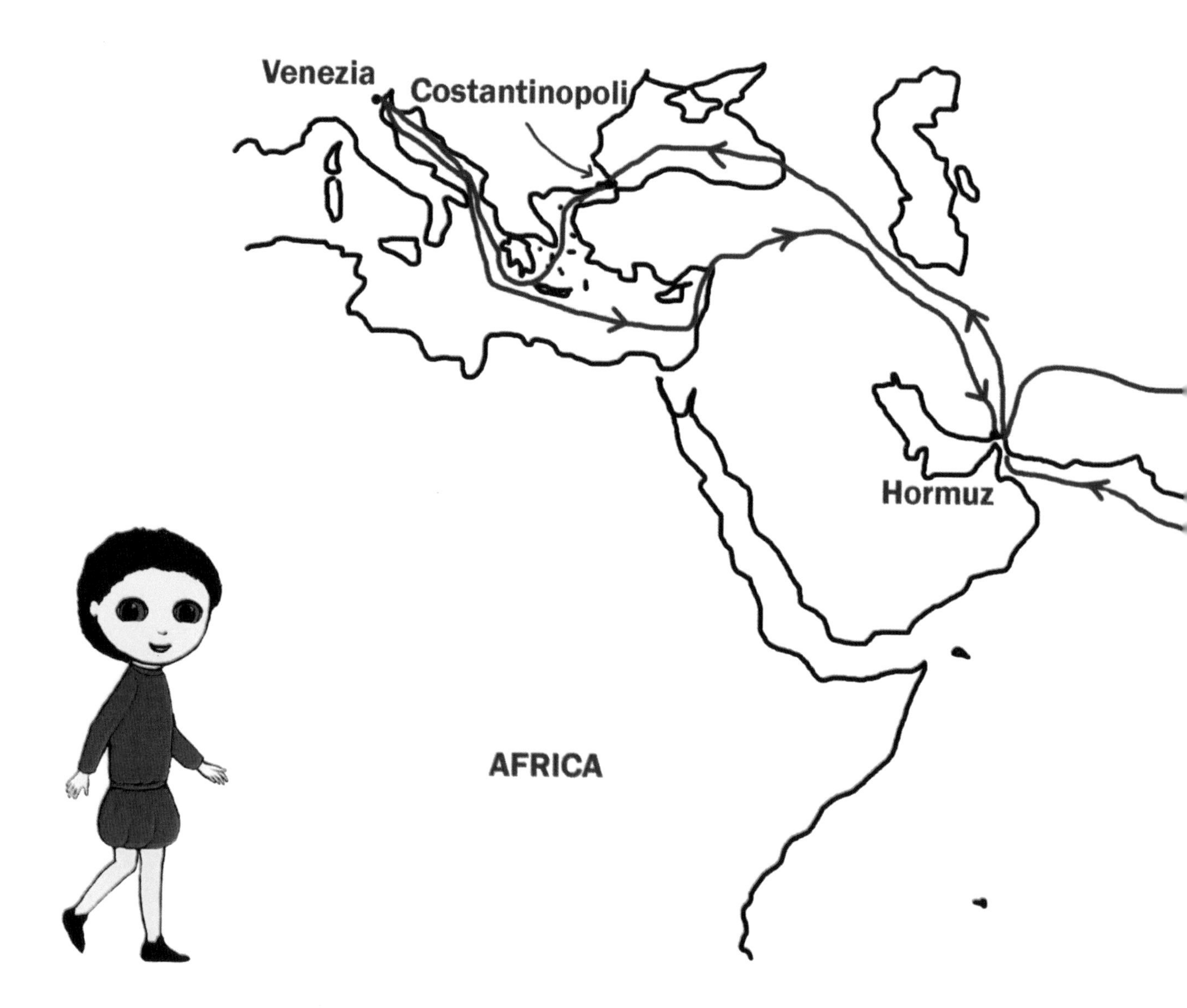

A 17 anni Marco Polo partì da Venezia
e dopo 3 anni di viaggio arrivò in Cina.
Durante il suo lungo viaggio, attraversò **montagne**,
deserti, **fiumi** e mari. Tornò a Venezia dopo 24 anni.

"Sono **pronto** per partire!" esclamò Marco.

"I am **ready** to go!" said Marco.

Eccolo!

There he is!

Una **mattina**, molto presto, quando in **casa**
erano ancora tutti addormentati, Marco decise che
era arrivato il momento di prepararsi per il **viaggio**.
Cominciò a cercare per tutta la casa
le **cose** di cui aveva bisogno.

One **morning**, very early,
when everybody in the **house** was still asleep,
Marco decided that it was time to prepare for his **trip**.
He started looking around the house
for the **things** he needed.

Ecco un bel paio di scarpe **robuste** per camminare!

There is a nice pair of **sturdy** walking shoes!

Questo **tappeto** mi terrà caldo
durante i lunghi **mesi** invernali.

This **rug** will keep me warm
during the long winter **months**.

Ma qui manca **qualcosa**!

Uh oh! **Something** is missing, here!

Dove sono finite le mie scarpe?

Where are my shoes?

E dov'è Marco?

And where is Marco?

Eccolo!

There he is!

Una **mattina**, molto presto, quando in **casa**
erano ancora tutti addormentati, Marco decise che
era arrivato il momento di prepararsi per il **viaggio**.
Cominciò a cercare per tutta la casa
le **cose** di cui aveva bisogno.

One **morning**, very early,
when everybody in the **house** was still asleep,
Marco decided that it was time to prepare for his **trip**.
He started looking around the house
for the **things** he needed.

Ecco un bel paio di scarpe
robuste per camminare!

There is a nice pair
of **sturdy** walking shoes!

A Marco Polo, l'idea di aspettare
tanti anni proprio non piaceva.
Doveva trovare una **soluzione**.

Marco Polo really didn't like the idea
of having to wait for so many years.
He had to find a **solution**.

"Io voglio partire subito" diceva Marco Polo.
"Caro Marco, sei troppo **piccolo**" gli veniva detto.
"Inoltre, per esplorare terre lontane, ti occorrono
un **cavallo**, **scarpe** robuste ed **abiti** pesanti".

"I want to leave right now" Marco Polo would say.
"Dear Marco, you are too **small**" he was told.
"Besides, in order to explore faraway lands,
you need a **horse**, sturdy **shoes** and warm **clothes**".

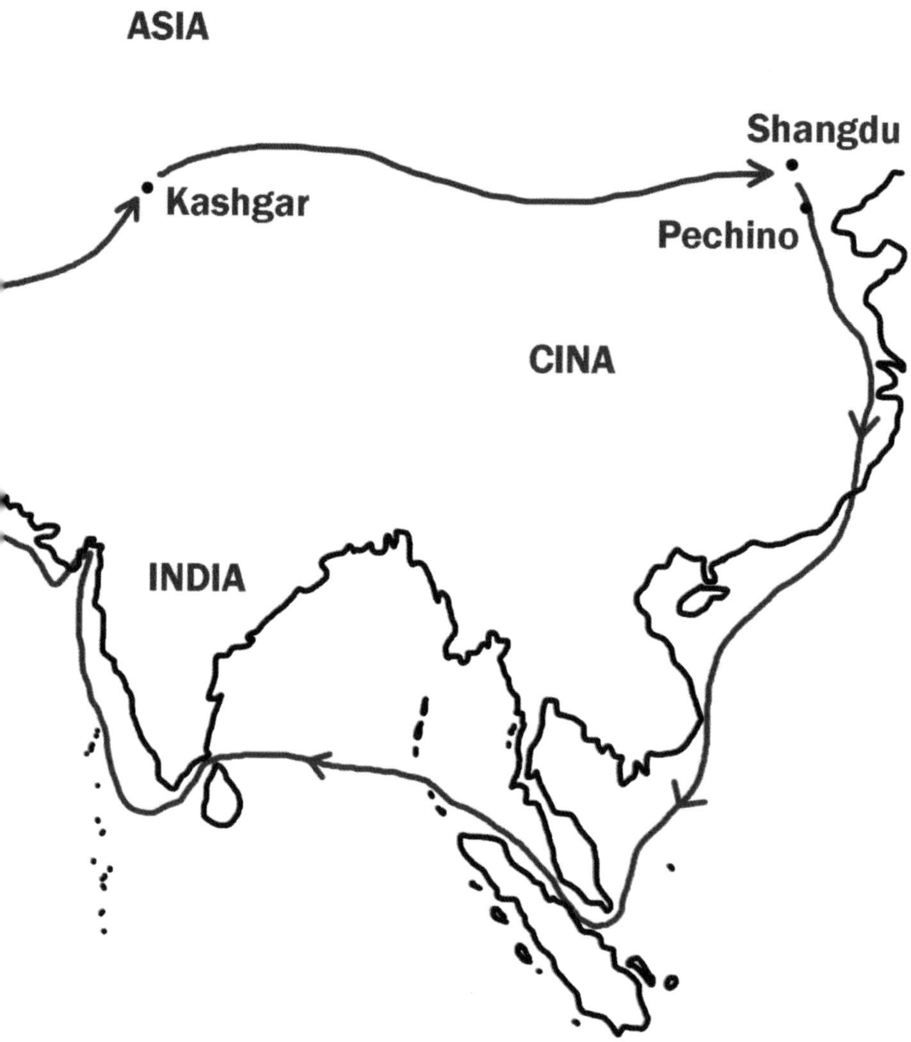

ASIA

Shangdu

Kashgar

Pechino

CINA

INDIA

When Marco Polo was 17 he left Venice and,
after having traveled for 3 years, he arrived in China
On his long journey he crossed **mountains**, deserts,
rivers, and seas. He went back to Venice 24 years later.

Cenni Storici

Marco Polo nacque nel 1254 e trascorse l'infanzia a Venezia. Suo padre Niccolò era un mercante. Sua madre morì quando lui era piccolo, mentre il padre era in viaggio, per cui Marco fu allevato da parenti.

Il padre di Marco, assieme al fratello Matteo, lasciò Venezia quando Marco era ancora un bambino. Niccolò e Matteo si misero in viaggio verso il Cathai (odierna Cina) e tornarono a Venezia quando Marco aveva 15 anni.

Marco Polo seguì il padre e lo zio nel loro secondo viaggio in Cina.
Quando partì da Venezia aveva 17 anni, e quando vi tornò nel 1295 ne aveva 41. Percorse 20 mila miglia ed il viaggio durò 24 anni. Era stato lontano per così tanto tempo che, al suo ritorno, i suoi parenti a Venezia non lo riconobbero.

Durante la guerra tra Genova e Venezia, Marco fu catturato ed imprigionato.
Durante la prigionia dettò il resoconto dei suoi viaggi al suo compagno di cella, Rustichello. Il libro venne intitolato "Descrizione del Mondo" poi conosciuto come "Il Milione".

Dopo la prigionia, Marco tornò a Venezia, si sposò ed ebbe tre figlie.
Morì il 9 gennaio 1324, all'età di settantanni e fu seppellito a Venezia.

Historical Notes

Marco Polo was born in 1254 and grew up in Venice. His father Niccolò was a merchant. His mother died during Marco's childhood while his father was away, so Marco was raised by relatives.

Marco's father, together with his brother Matteo, left Venice when Marco was still a child. Niccolò and Matteo traveled to Cathay (today's China) and they returned to Venice when Marco was 15 years old.

Marco Polo joined his father and his uncle on their second journey to China. When he left Venice he was 17 years old and when he returned in 1295 he was 41. He traveled 20,000 miles and his trip lasted 24 years. He was gone for so long that, when he returned, his relatives in Venice did not recognize him.

During the war between Venice and Genoa, Marco was captured and imprisoned. During his imprisonment, he dictated the story of his travels to a fellow prisoner, the poet Rustichello. The title of the book was "Description of the World". Nowadays it is better known as "Il Milione".

After his imprisonment, Marco Polo returned to Venice, married and had three daughters. He died on January 9, 1324, at the age of 70, and was buried in Venice.

Gioca e impara

Play and learn

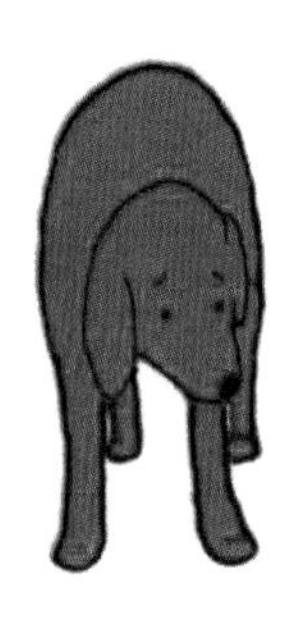

Collega le parole

Match the words

BARCHE	LANDS
CAVALLO	SHOES
TERRE	BOY
SCARPE	BOATS
BAMBINO	HORSE

Collega le parole

Match the words

CASA	STURDY
FIUMI	RUG
LIBRO	MOUNTAINS
TAPPETO	HOUSE
MONTAGNE	RIVERS
DESIDERIO	QUESTIONS
DOMANDE	BOOK
ROBUSTE	WISH

Cerca le parole

Search the words

Riesci a trovare queste parole nel riquadro qui sotto?
Segna quelle che trovi e ricordati di controllare in orizzontale e verticale.

Can you find these words in the puzzle below?
Circle each one you find. Be sure to look across and down.

VENEZIA – CANALI - VIAGGIARE

MERCANTI - TERRE - MARCO – POLO

V	I	A	G	G	I	A	R	E
E	G	S	U	B	C	X	Q	Z
N	M	E	R	C	A	N	T	I
E	A	T	Y	K	N	N	E	V
Z	R	R	W	Z	A	B	R	V
I	C	O	P	O	L	O	R	M
A	O	I	E	F	I	U	E	P

Inserisci le lettere mancanti

Fill in the missing letters

PO _ O

ABIT _

C _ TTÀ

VIAGGI_

BAM _ I _ O

P_CCOLO

Ricomponi le parole

Mixed up words

Le lettere delle parole qui sotto sono tutte mischiate.

Riesci a rimetterle a posto?

Ricorda che sono tutte contenute nella storia.

These words are all mixed up! Can you fix them?

Hint: they are all in the story.

ERRET	....
ARCOM	....
SRPECA	....
ITIAB	....
BRCHEA	....

Le soluzioni sono nell'ultima pagina.

Answers on last page.

Dizionario

Dictionary

▪ abiti	clothes
▪ aeroplani	airplanes
▪ automobili	cars
▪ avventure	adventures
▪ bambino	boy
▪ barche	boats
▪ canali	canals
▪ casa	house
▪ cavallo	horse
▪ città	city
▪ cose	things
▪ desiderio	wish
▪ domande	questions
▪ fiumi	rivers
▪ giovane	young
▪ libro	book
▪ mattina	morning
▪ meravigliose	wonderful
▪ mercanti	merchants
▪ mesi	months
▪ montagne	mountains
▪ piccolo	small
▪ pronto	ready
▪ qualcosa	something
▪ risposta	answer
▪ robuste	sturdy
▪ scarpe	shoes
▪ soluzione	solution
▪ tappeto	rug
▪ treni	trains
▪ terre	lands
▪ Venezia	Venice
▪ viaggiare	to travel
▪ viaggio	trip/journey

Soluzioni

Answers

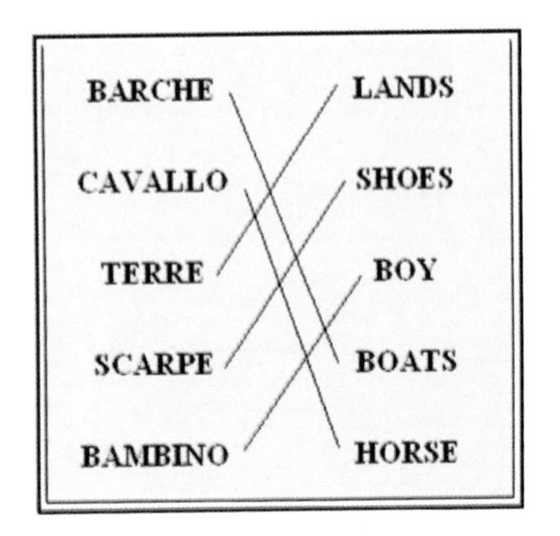

V	I	A	G	G	I	A	R	E
E	G	S	U	B	C	X	Q	Z
N	M	E	R	C	A	N	T	I
E	A	T	Y	K	N	N	E	V
Z	R	R	W	Z	A	B	R	V
I	C	O	P	O	L	O	R	M
A	O	I	E	F	I	U	E	P

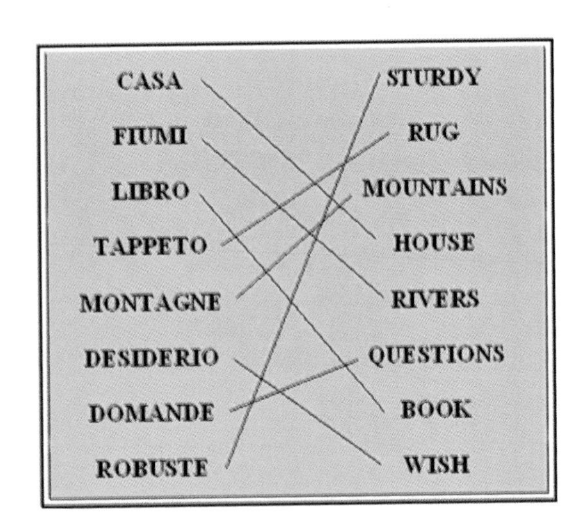

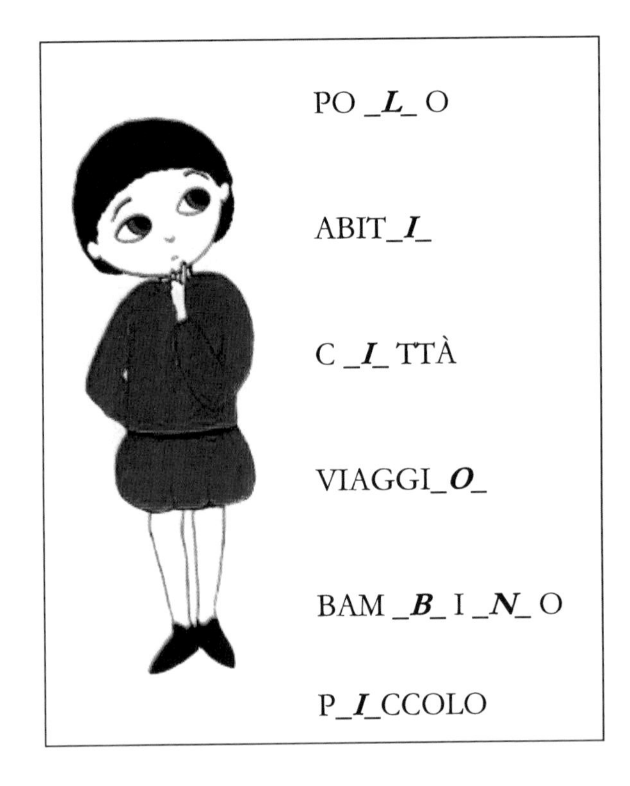

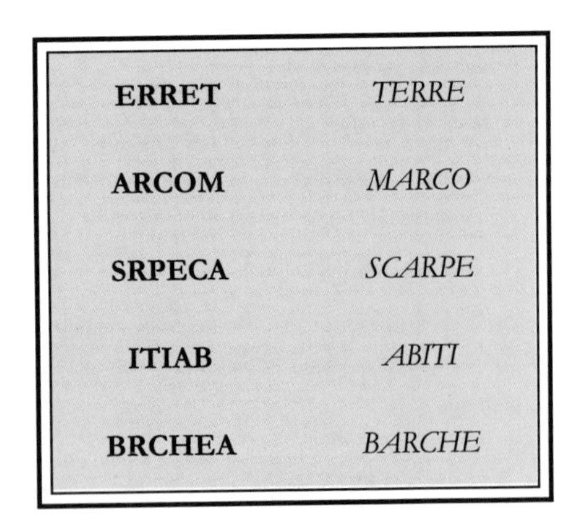

Made in the USA
Lexington, KY
23 July 2012